KB054682

비단모래

인지

비단모래

1판 1쇄 인쇄 2020년 11월 5일
1판 1쇄 발행 2020년 11월 10일

발행처 도서출판 문장
발행인 이은숙

등록번호 제2015-000023호
등록일 1977년 10월 24일

서울시 강북구 덕릉로 14(수유동)
전화 02-929-9495
팩스 02-929-9496

ISBN 978-89-7507-084

문장 시인선 009

이비단모래 시집

도서
출판 문장

비단모래는

형벌이라면
사랑을 남발한 죄

그 벌로
뜨거운 사막 맨발로 걸어온 여자

詩詩한 날개 옷 갈아입는 중이다

2020년 가을 가을한 가을에
이비단모래 Silk

글과 그림 : 김효숙

▶ 차례

2부

3부

1

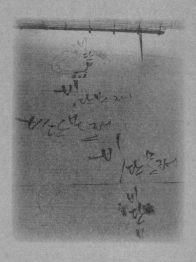

글과 그림 :: 김효숙

아내

밥을 지어
삶을 지었고

옷을 지어
길을 만들고

집을 지어
인생을 짓는

눈물의 기도

비단모래

스며들어라
세상에서 가장 작은 알갱이
부드럽게 안을 수 있는 사랑이어라

가슴 열어 안아라
다 품어라
거르고 걸러
가장 깨끗한 바다

그 생명 바다 위에 봉황 날개

눈물지우고
아픔지우고
상처지우고

사랑이라 쓰는 여자

우체국 앞에서

어딘가 부쳐야 할 편지가 있는 것도
아닌데 우체국을 지나면 우표를
사고 싶다

동그란 소인이 내리쳐진 그리운 주소로
날아가
눈발처럼 그 손에 닿고 싶다

국화꽃이나 바이올렛
가끔은 채송화 피는 유리창 밖
투명한 목소리가 문장 끝 마침표로 바뀌는
시간쯤
빨간 우체통 속에서
설레며 그 밤을 맞고 싶다

아주 오래 우체국 앞에 서 있고 싶다
스치며 지나간 시간들 속에 놓친
누군가를 만날까 싶어서

나무의 기도

속도를 맞추고 싶었다

다 내주고 빈 몸으로
회초리 같은 바람 휘감겨
단단하게 박힌 세월
옹이가 되어
눈발 성글게 받고 있다

사랑하기에
아직
사랑을 고백할 수 있기에
그 바람 속에 더 단단한
나이테 두르고
당당히 서는 것

그 겨울의 발원이
멈추지 않는 생의 잣대가 되기를
가지 하나 곧추세워
세상의 답을 적어가고 있다

가을나이

나는 어떤 색으로
물들어가고 있을까

삶의 벼랑마다 펄럭이던
고단한 문장도
가을에는 순하게 자음 모음을
포개놓는다

위안

내가 아플 때마다
꽃 피었다
내가 상처 입을 때마다
바람 스쳐 갔다
바람 보이지 않지만
나무 흔들리고
물결 일렁인다

생의 꽃

사월의 꽃 그늘은 짧다
사월의 바람
마음을 훑고 지나가면

꽃이 꽃이 되기 위해
얼마나 추운 시간을 지나 왔을까

꽃이 꽃이 되기 위해
얼마나 아픈
기다림으로 견뎌 냈을까

그대도 나도
꽃이 되기 위해
기다리고 기다리며
추운 시간을 견뎌 냈으니

꽃이 핀다는 봄 약속
꽃길이 놓여 있으니

4월

왜 4월이 이토록 추운지
왜 4월이 이토록 아픈지
사랑하는 사람을 4월에 떠나보낸 사람은 안다

꽃 피고
꽃 지고
꽃 피고
꽃 지고

그 텅 빈 시간 속에
꽃들 다녀가도
4월에 떠난 꽃들 다시 피지 않으니

그 슬픈 길
맨발로 걸으며
피맺힌 눈물로 다시 바다 이루었으니

손발 얼어 터진 것보다
그 이름 잊혀질까 두렵고
세월 흐르며
얼굴 흐려질까 두려운

바다 잠들지 못하고
아직 뒤척이고 있으니
그 많은 꽃송이 눈감지 못하고 있으니
세월 가도 그 바다 아직
통곡하고 있으니

아침 약속

낡고 바랜 어제 위해
그대 고단한 발걸음 위해
상처 아물게 하는 시간 위해
나를 응원하기 위해
그대 사랑 지키기 위해

뜨거운 해 한 덩이 품고
매일 찾아오겠다는

수항리 노을

저 보랏빛 폭죽이여
강에 닿으라
저물녘 사랑이
물에 잠기면
나는
혼절하듯
그댈 부르리라

사랑은
끝까지
절망 아니면 희망
쓸쓸함 아니면 벅차오름
상처 아니면 기쁨

어느 것을
선택한다 해도
노을은 지고
바람은 불고
꽃은 지고
또 피고

사랑은 그랬다

사랑은 그랬다
절망으로
고개 숙이고 있을 때
불쑥 꽃 한 송이 내미는 것

몸 안 한 방울 물이라도 짜내
새끼 입에 넣어
꽃 피우는 어미

사랑은 그랬다
속절없이 무너져 내려
무릎 꿇게 하는 진심

꽃2

그립다는 말 대신
보고 싶다는 말 대신

그대 가슴에
봄바람이 찍어낸
직인

수련의 노래

적막의 시간에 나는
그대에게 닿으리
섬 어딘가 휘파람 풀어놓고
바람이 되었을 연정
밤새 눈 뜨고 있으리
돌아보고 또 돌아봐도
한 발자국도 뗄 수 없이
그대 옷깃에
닿으리
사랑했으니
고요히 닿으리

사랑했던 여자 있었네

한때
사랑했던 여자 있었네

여자가 떠나며
아무것도 남기지 않았으리라 믿었네

사랑보다
미움이 컸던 한낮

짧은 낮잠 자고 일어나보니
아무것도 기억해 놓지 못한
메모리 속
깨알 같은 약속들만
떨어져 있네

내가 사랑했던
여자였었네

꽃씨를 심으며

새벽처럼 마음 길 잃으면
쉼표 풀어낸다
끝끝내 떨어지지 않는
생각 한 점
잘라낼 수 없어 별 하나 캔다
자로는 잴 수 없는 깊이에 묻힌
꽃이라지만
바람은
구름은
빗발은
그리고 투명한 햇살은

깊이를
투과해
사랑을 비워낸다
결국 우주의 중심
꽃이라는 걸 세상에 나른다

담

아무리 견고한 담을 친다해도
환히 7월의 담을 오르는
저 힘줄

새들이 날아갈 때마다
잔 기침같은
구멍사이로 하늘은 환하다

꽃 때문이야
나 때문이야

아니

늘 당신 때문이야
사이사이 그립게 하는
말 한마디

보고싶다 보고싶다
절절히 능소화
핀다

별

사람 사랑하는 일
참 아득한 슬픔 같아
절벽 아래 푸르게 흐르는 강물같은
저 하늘 닿을 수 없는 허공 속 약속

사람을 기다리는 일
참 쓰린 상처 같아
속 다 내어주고 텅비어 가는 고목같은
바람 속에 서 있어야 하는
그런 눈물

결코
쇠는 불 속 아니면 녹지 않는 것처럼
사랑 또한
뜨거운 심장 속에서만 녹아내리는
일이란 걸

처서

사과나무에 빨간 불이 들어오기 시작했습니다
가을이 켜졌습니다

골절, 그 이후

그 해
손목이 부러지고서야 알았다
당신을 안을 수 있었던 것이
얼마나 큰 축복이었는지

호박줄기가

땅을 끌어안고
여름 등 오르는 동안
꽃조차 안을 수 없이 꺾인 마음
손목이 아니라
마음 목 어디가 부러진 게 확실했다
손목이야
철심을 박고
시간에 기대게 놔두면 되겠지만
마음 목은
도대체
꽃으로도
받쳐지지가 않아

음력 오월 초승달
별도 데리고 오지
않고
야윈 손목으로 누웠다

아픈 이름은 부르기 어렵다

가장
아픈 이름은 부르기조차 힘들다
그 이름 품고
아름답고 행복한 곳에만 닿기를 기원해도
온도가 맞지 않는
시간의 속도는 괜히 느리다

서걱이는 운명과 싸워야 했던
그래서 늘 아프게 패했던 날들 속에
그나마 위안이라면
나쁜 기억을 지워대던 시간이 있었다는 것
이다

20년 된 내 애마가
수시로 시동이 걸리지 않던 겨울
아침
그래도 포기하지 않고 세상으로
나간 건 너 때문이었다
운명 같은 사랑이라고 믿으며
그림자도 애틋한 너 때문이었다

2

글과 그림 :: 김효숙

틈

저 정물
아픔으로 자라고
슬픔 먹고 자라는 사이

어린 눈으로
내다보고
기다리던 시간

아프게 한 사람
용서하라던
작은 틈 사이
푸른 사랑

칸 칸
올곧은 줄기 올리는
마음 하나

생의 여름 건너고 있다

어느 부부의 노래

잠결에 문득
손 닿는 거리에 있는 사람이
젖은 목소리로 말한다

아무래도 나이 많은 내가 먼저 가려 했는데
당신보다 하루만 늦게 가야
할 것 같아

쓰레기 분리배출 못하지
음식쓰레기 못 버리지
설거지 못하지
우유 안 사오지
세금 안내지
자동차 보험 못들지
사고처리 못하지
빨간 자가용 긁혔다고 나한테 전화하지
치약 떨어져도 그대로 두지
매일 먹어야 하는 약 잘 잊어버리지
냉장고 속 과일도 안 꺼내주면 안 먹지

제발 그렇게 해

나 이 이세상에 혼자 남겨지는거 싫으니
바람 속에 흩어버리고
오던지 말던지 그건 알아서 해

만약 먼저 가면
나
시집 간다

그래 꼭 나보다 좋은 사람 만나
시집가서 행복하게 오래 살아

참 이상한 약속을 하는
오래된 부부

기도로 남을 수 있다면

작정하고
작별의 말로
대못을 치지 말 것

어느 봄날

꽃이 시작된 것처럼
끝도
붉게 익어 저절로
질지니

긴 침묵 속에
감긴
지나간 시간들이
아름답게 남을 수 있도록

꽃 진 자리
이름하나 잘 익어갈 수 있도록
숨 막히던 순간
뜨거웠던 여름도

잊혀질 순간 위해 있었다면
지금은
뜨거움으로
남아 있을 것

계절 가듯
사랑도 가고 나면 그뿐
헛된 고백이 아니었다고
가장 멋진 모습 그대로
씨앗 단단한 기도로 남을 것

툭툭 접시꽃 송이째 지듯
보리수 알
진리처럼 익다

노을 음표

사랑
짐
등에 지는
무게 보다

덜어내는
심장
더
무거워

서녘 하늘
노을 음표
비대면 지휘자 향한
향기
실은
사랑은

바람 같은
칼날

속에 품은 아픈 향기

그림자 잡기

달래도
달래도

끝없이 우는
아이처럼

비 오는 날
그림자 기다리는 일

꼬리조차
보이지 않는
어디에
있는지
모르는

점

무작정 쏟아지는
별 부스러기

흠씬
그냥
맞아
버리는

언젠가
가슴에 묻고 갈

당신

새벽에

공복에 들이켜는 맹물 같은
어둠
아직 깊다

심장 속으로 스미는 소리
잠 속까지 따라와
고무줄 같이 늘어진
시간을 자른다

놓으라 한다
엉긴
풀지 못한
문제

꽃 향기로도
만성이 된다면
무엇으로
잠을
청할까

입안 가득
해야 할 말들은 정지 된 채
낱말을 해체 시키고 있다

몽돌같이 구르는

생각들은 어느 창고에 넣어야
부딪히지 않고 각이 남지 않게
날개 조각되어
새가 될까

어둠 속에
해 품고 달려오는 아침처럼
꽃잎
스밀 일이다

더는 젖지 않게

그 이름

사랑합니다

목숨과 바꿔 이 말을 샀다
천금보다 소중한 말
너무 늦었지만 그제야 그 말은 물처럼
헤프게 써야 함을 알았다

이승에서 전해야 했던 마지막 인사는
사랑합니다 한마디 뿐
허공도 받을 수 없는 말을 눈물과 함께
뿌렸지만 눈발 처럼 녹아내렸다

그 후
주머니에 돈 대신 사랑한다는 말을 채워
꺼내주기로 했다
눈빛 마주친 값으로
손잡은 값으로
같이 밥 먹은 값으로
고마운 값으로
가끔 슬프고 아픈 값으로도

후회 없이 쓰기로 했다
사랑합니다
사랑합니다
사랑합니다

참 이상하게 사랑합니다는 쓰면 쓸수록
화수분처럼 꽃을 피웠다

엄마 꽃 4시

분꽃
합창을 시작하면
엄마는
독 안에 들어있는
보리쌀을 내 와
마냥
문질러 닦으셨다

손바닥 벌겋도록 보리쌀
문지르면
보리쌀에서 뽀얀 엄마 눈물
꽃향기로 쏟아졌다

보리쌀 위에
엄마 인생처럼 휜
달챙이 수저로 긁힌
감자 알 몇 개
호박잎
매운 고추 썰어 넣은 강된장 까지
얹혀
보글보글
끓는 시간

분꽃은
열창 멈추지 않았다

가끔은 어린 딸 귀걸이가
되기도 했던
엄마 시계 꽃

엄마 피는 4시
그리움 넘실넘실 피어난다

남의 남자, 아버지

열일곱
두려운 바람벽 앞에
노랑 저고리

초례청 앞에서 처음 본
남자 얼굴
등잔불 앞에 마주하고

나는 남 남자하고 못 자요

불꽃처럼 떨리던
족두리 벗겨진
그 여름밤

꽃은
바르르 피고
꽃은
바르르 떨고

등잔불 꺼지는 바람에
꽃잎은
고이 접히고

빨강 치마 벗고 55년을
무명치마로

남 남자와 살다 가신
어머니

족두리 꽃
바르르
피는 여름

남 남자를 아버지로
평생 부른
오롯한 육남매

별, 찾고 있는 꽃

당신이
쓸쓸한 건
당신에게 눈 맞추는 것
바라보지 않고

당신에게
답도
반응도
없는
무심한
별을
찾고 있기 때문이다

그래서
꽃이
당신 가슴에
떨어졌다

잡초를 쓰다

비 그치자
부추 밭
잡초 부추보다 한 뼘 크다

어머니 풀 하나 없이 가꾸시던
뿌리 대 이어 먹으면서
내방 쳐 놓았던 게으름

벼리지 않은 낫을 들고
풀 허리 자른다
낯선 옛날 문자 하나가
다가서며 조롱한다

그것도 못 읽으면서
詩를 쓰냐고

어느 시인은 쓰다 하늘에 버린 詩가
수천 개 별이 되었다는데
그동안
내가 쓴 詩는 다
잡초였구나

예 와서 무성히 자라
뽑히지도 않는 詩

버려진
그 별 따서
북두칠성 문신한 몸
벗어 보이고 싶었는데

잡초 뽑지도 못하고
벌레 물려 피다 진 몸으로
벗어
詩 쓸 용기도 사라진

부끄러이 박꽃 핀다

벤치

언제 그렇게 늦골까지
타도록 기다려 본 적 있는가

언제 그렇게 인디언 추장처럼
그 사람 올 때까지 기도해 본 적 있는가

빈 바람 기웃이고
가끔
먼 길 가던 새들
발자국 찍어놓고 다시 온다는 기약도
쓰지 않는 허공

안쓰러운 별빛
가까스로 뼈마디를 닦아주고 가는 밤
묵묵하게 풍경을 친다

가끔
키 큰 해바라기 글썽이며 꽃 그림자
놓아주면 넉넉해지는

거기 그 사람
심장 파내고 안아도 좋을 사람
꽉 차게 앉았던 자리
그렇게 품고 있으면 그만

긴 기다림은 벤치의 숙명이다

사랑 그거

참 부질없기도 하지만

캄캄한 길도 걷게 하고
시큰거리는
무릎도 일으켜 세우는 명약

마음 그득히
해 뜨고
해 지고
바람 부는 일
그대에게 향하는 길 되는

참 부질없기도 하지만
없으면 안되는
그대와 내 심장사랑 그거

레인블루

빗속의 연인 되고
싶었던 꿈
우산 접듯

날린다

그로 인해
세상 눅눅한 습기
다 빨아들이는
비단모래
이고 싶다

그동안
비 오는 창가에서
마시던
그대 눈빛
얼음덩이 버석이는
이이스아메리카노에
섞어버리고

휘휘

하늘에
날개옷이라도
던져

비를 막아내고 싶다

오늘도
길을 나서는
한 달째 장맛비 맞는
그림자 하나

정전

세상 바람 다 스쳐 가는데
하다 못해
태풍 장미도
내게 온다는데
받고 싶은 바람 한 통
정작 내게 닿지 않는다

어느 나뭇가지에 걸려
있는 건지

누구 날개되어
먼 하늘로
날아간 건지

바람을 눈으로
볼 수 없다는 건
내 안의 별 하나
꺼져가는 일이다

장마 진 날

물속에
잠기어서도
꼿꼿하다

수청 거부해
쑥대머리 된 춘향처럼
꽃잎 봉두난발 됐으나
그대 향한 눈빛
청청하여

우기 품느라
애쓴
꽃방
그대만을 위해
열고 싶었던
그리움
홍수 진 날

꽃
온전히

하나를
향한
꽃으로
수장되고
싶다

* 미용실에서 시든 내 모습에 갑자기 울컥해

60

꽃눈, 혼절하다

뜨거워라
불화살
심장을 겨눈
꽃눈
혼절하는

잠든 사이
당신 흔적으로 남은
화인(火印)

꽃
이라는 절망으로
쓴

내
몸
에서
당신에게
닿기만 해도
터져 내린
뜨거운
물줄기

눈
주는 곳 마다
서
있는
그때 그 사람

사랑이 변하는 것이라면

사랑이 그렇게 바뀔 줄
몰랐습니다

당신에서
당신으로
건너갈 줄 몰랐습니다

결국
바람에 흔들려도
꺾이지 않는
굳은 마음
그 가지를 감고 오르는
조용한
향기

사랑이 그렇게 변하니?
라고 묻던
봄날
푸른 잎이
벌써 저렇게 물들고 있습니다

침묵 무게가
오히려
당신 등 같아
더 깊이 묻고 싶은 향기로

꽃을 피웁니다

당신에게 닿기를
꽃
희게
절망합니다

솔과 정지 사이

마당가서 솔 쳐서
정지로 가져와라

햇싹같은 어린 날
같은 모국어 알아듣지 못해
마당에 나와

운동화 닦던 칫솔 들었다
철 수세미 들었다
허둥대던 모습보고
웃던
미소처럼
꽃 피었다

어느 한구석
시골집 맏며느리로는 쓰잘 데 없는
여자 하나
아버님 눈빛 피해 보듬으시느라
어머님
더 고달프고

밤이면
배앓이로 하얗던 머리맡
포름한 부추죽 알싸름한
냄새

눈물 빠지게 하던 숱한 날들

배앓이로 뱃속 어느 부품 빼내고
누워있는 며느리 문병한 이튿날
속 터지는 며느리 때문에
숨 막혀 돌아가신
어머님 장례식에도
참석 못한 죄인

어머님 뿌리로 남은 부추꽃
해마다 피고 지며
내 배 쓰다듬는 손길

기도사발

달 담아
별 담아

새벽까지
눈물 가득한
저 침묵의 물속

끝없는
기도 감겨
입 다물지 못하는
심장

보이지도 않는
꽃
당신이 찾는
단 한 줄

사랑한다
쓰는

익모초

3

비

글과 그림 : 김효숙

겨울비는 왜 슬픈가

휘청이는 발자국
자꾸 뒤돌아보았다

목적지 없이 떠난 것을
확인한 아침
차마
어린 눈물 놓고 가지 못하는
마르고
낮은 목소리로 부르는 이름은
왜 이리 슬픈가

취하지 못하는 낮술 한잔 놓고
그리움이나 불러 볼까
이미 시들어버린 꽃 속에 남은
마지막 향기에
손을 넣어 볼까

축축한 옷섶에
계절이 놓고 간 자리
불쑥 마디마디 올라오는
혓바늘 통증

시인

펄펄 끓는
자음 모음을 한 숟갈 퍼 넣는다
찬 혀가
ㅅ · ㄹ 초성에 이미
감전되고

휘휘 저은
글자들은 어떻게든 퍼즐을
맞춰 문장을 짓는다

아무도 기억하지 못하는 시 한 편
사랑니 앓듯
뽑아내지도 못하고
버석거리는 문자들을 씹고 있다

단 한 편도
기억되지 못하는 시를 쓰지만
ㅎ · ㅁ
그 아득한 섬에 닿으려
바람 부는 날
까치 집 짓듯
시를 짠다

흔적은 순간이어라

내가 만약
노을빛이 되어 사라지면
그대는 어떤 모습으로
그 노을
바라보며 울까

내가 만약
별똥별로 그대 가슴 그으며
떨어지면
어떤 흔적 남아
꽃으로 필까

내가 만약
거슬러 오르는 연어로
온몸
피투성이
결국 그 강에 닿는다면
그대는
산란의 몸
두 손으로 받아낼 수 있을까

내가 만약
쓸쓸한 갈대울음 같은
목소리로
그대를 부르면

맨발로
뜨거운 불길을 달려 올까

순간이어라
순간이어라

사랑이 끝난 후
찾아오는 그 쓸쓸한 휘파람
천 일을 맹세한
꽃반지
시든 약속 위에

붉은 토끼풀꽃
뜻밖의 등불을 켜네

심장 안에 새긴
너라는 이름
다시 꽃으로 피기 위해

사랑, 그 거짓말

널 위해 녹고
널 위해
쓰고 달고
내 몸 다 주어도

잠시
네 입술에 닿는 행복
스치는 외로움 소리까지
네 혈관 속으로
스며들어도

결국
점점 반쪽이 되는 달과
제 몸 부서지는 별

오롯이 남는
너와 나의
외로움 조각은
불가사리처럼 굳어
그대로 나 뒹군다

이별을 예감하던
*사랑 · 그 거짓말까지도
결국 녹아 버리는 것

얼마큼 녹아야
얼마큼 앓아야
온전히 단단한 상처
더께가 될까

순간
너를 손에 든
지금이 사랑 그 절정
꽃잎 속의
유토피아

*정유하 노래

취급 주의

유리 같은
여자 마음을
부칠 수가 없어

취급 주의 스티커
다섯 장을
붙이고 서야
겨우
그대 곁으로 갑니다

깨지기 쉬운 여자는
기피 대상이란 걸
오늘에야 알았습니다

깨지기 쉬우니
찔리지
마시길

차라리 파손 주의 였다면
덜 서운했을 걸
취급 주의라니

사랑에 부딪혀 금가기 쉬운
세상에 부딪혀 깨지기 쉬운

어쩌면
일생 동안 수없이 깨졌을
여자의 뼛속은 이미
조각나 온몸을 찔러대는 걸 보면
만질 수 없는
폐기처분 가까운 취급 주의가
맞을지도
모르죠

하여튼
오늘
여자는
취급 주의
입니다

그 이름 프란체스카처럼

한때
내 목숨 당신에게 주고
사랑을 사고 싶었습니다

당신이라면
맨발로
뜨거운 사막을 걸어도

그 태양 아래
활활 타버려도
괜찮다 생각했습니다

긴 목으로
하필
절절 끓는 여름 길목
당신을 기다리고 서 있어도
사랑이라 생각했습니다

인생은
그렇게
여자의 기다림 대로
되는 게 아니란 걸
태양이 사그라질 무렵
알게 되었지만

뜨겁게
당신에게 내 몸 던져주고
노을 지는 어느 저녁

메디슨카운티 다리에 가서
우리집에 저녁 먹으러 올래요?

비 오는 헤어짐의 교차로에서
결국
그 문을 열지 못했지만

평생
당신을
품고
죽어간 여자

끝내
당신이 돌아와
바람에 불러준 이름

그녀가 있었습니다
메디슨카운티의 다리
프렌체스카(메릴스트립)

꽃방

꽃 진
그 길은
어떤 길일까

자작자작
자작나무 바람소리
스치는 길일까

언제부터
아득하기만 한
그 길은 열려있던 걸까

꽃만 아는
비밀의 처소

별이 알려주는
그 길
따라 가면 되는 걸까

거기 울타리 열린 가슴 안으로
들어가면 되는 걸까

꽃잎 하나
내밀면
방이 열릴까

영원히 시들지 않는
꽃방하나 지을까

바닷가 옆 비단모래 쌓아

천년초
-꽃 가시

내 몸에 꽃 가시 품고 사네
뒤척일 때마다
머릿속 생각 거울을 찌르는

그대를 찌르지 않도록
꽃으로 감싸고
조심히 까치발을 드네

사랑으로
아프지도 애닯지도 말자던
꽃 같던 날들 지나고
단단해진 가시
내 심장 쿡쿡 찔러도

그대에겐
천년토록 꽃이고 싶네
천년 망부석 될 꽃 가시로
서 있고 싶네

나만 찌르라 이르며
겨울에도
맨발로 그렇게 서 있겠네

내 몸에 꽃 가시 품고 사네
내 몸에 사랑 가시 품고 사네

그대에게 다가서지 않겠네
온통 가시인 내 몸

주논개의 손목

그녀의 손목이 있었기에
진주 금강이
달개비 꽃처럼
푸르렀는지 모릅니다

열 손가락에 낀 반지
올무 되어
적장을 깊이 수장시켰습니다

어느 날
논개라는 여자
의암이라는 바위에
도드라진 손목
부끄럽지 않게 섰습니다

내가 앓는 사랑이
물그림자로 넘실대면
장수 언덕에 선
주논개 넉넉히 품고
남강까지 흘러갑니다

작고 허튼 사랑 어디 있을까요

적장 껴안고 남강 뛰어든 손목이나
호박 줄기 촉수 같은 내 손목이나
결국 떨리는 건 마찬가지
랍니다

그대에게 꽂이고 싶어

나는 그대에게 꽂이고 싶어

까치발 들고
그대를 찾아

성장판 닫힌 무릎
더 이상 늘일 수 없고
흔적 없는 그대는
어디에 있는지 모르겠고

꽃잎 찢어
바람에 띄우면
그 향기 맡고 올까

심장 터뜨려 혈서를 쓰면
그때 그 언약 잊지 않을까

하필
염천의 한낮에
파란 힘줄 늘여

보드란
속옷을 펼치는 꽃의 슬픔

시간, 어디쯤 왔을까

밤이 꺼진 시간
남아 있던 별빛이
문장 심지에 불 밝힌다
누군가 고단한 발자국 위
소복한 기도 퍼 담으며

끝에 서 있는
낡은 기억 지우며
소롯한 길되어
나보다 먼저 걷는다

문장 해체 되어
탑 되는 사이
길 다시 길 되고
살아낸
문장으로 펄럭인다

비스듬한 시간 어디쯤 왔을까
지금이 가장 아름다운 때가
맞을까

이 길 맞을까
그 끝에 나를 기다리는 꽃은
내 이름일까

벌써 시간 눈금
가을 이라고 전한다

여수동백 1

돌아오지 않으려했다
떠날 땐
바다에 던지려했다
눈물 가득한 몸
한 덩어리

오동도에서 만난
동백

눈 쌓여도 피어나야 하는 숙명의 꽃이
피 물고
뚝
뚝
목숨 걸고 꽃을
지키는 몸짓에

마음만
깊숙이 바다에 던지고
바닷물 채운 껍질은 다시
돌아오고 말았다

눈물도
삶이란 걸
동백이 말 했기에

여수동백 2

그녀는 외출 중이었다
손바닥 만한 하늘
걸어두고 바람만 지키고 있었다

얼굴을 알고 찾아간 건 아니였다
생면부지 였지만
동백꽃 냄새가 나면
그녀라고 했다

온 천지
동백냄새 진동했다
곳곳이 그녀였다

그녀 얼굴은 못 봤지만
달달한
사탕맛이 그녀고
새곰한 차맛이 그녀였다

그리움에
찾아갔다
그리움 한 층 더 등대에 걸어두고
그녀 한 송이 마음압화해 왔다

여수동백

꽃의 비밀번호

해독하지 못할
문장을 펼쳤다

마음속 언어를 써내려 간
붓 끝에
핀 하늘은 묵묵하고

꽃을 여는 비밀번호를 아는
바람만 문을 두드렸다
좀체로 열 수 없던
사랑의 문 열리고
먼 이국의 언어는 교신을 시작했다

꽃문을 연
그대는 승리자

영원히 그 꽃을 품으라

버리지 마라

버려진 슬픔조각 모으면
시가 되냐고
묻는 이에게

버리지 마라
품고 살아라
그게 시다

버려진다는 것은
세상에서 가장 아픈 일
시든 꽃을
햇살 좋은 창가에 놓아
버림에서 건져두는 일이
아픔을
치유하는 일이라고

그게 바로
너여야 한다고

그게 세상에서 가장 아름다운
시라고

기도

매화꽃눈이 부풀었습니다
얼마나 아팠을까요
저 칼날같은 눈 바람 헤치고
살갗 찢느라

영춘화 피었습니다
발자국 소리 들리지 않는 빈집
다독다독 쓰다듬으며
빈 공간을 꽃으로
채웠습니다

쏘옥
수선화 가녀린 잎도
땅을 뚫었습니다
그 두터운 언 땅
얼마나 손끝 아렸을까요

튤립 잎도
하트를 내밀었습니다
결국 사랑은
해내고 말았습니다

아직 추위 가시지 않은
끝자락
사람들 앓고 있는 이 땅에
봄을 위해
애써
무릎 꿇었습니다

봄꽃

여기까지 오느라
애썼다
갖가지 사연 안고 오느라
볼록해진 입

터뜨리거라
다 들어주마

여린 몸
다치지 않게 눈속에 가득 담고
가장 아플 때
사랑하리니

머위

보라
색 중에 가장 아련한 보랏빛 발로
그윽히 봄을 맞으리
쓰디쓴 인생
코로나19에 무너지던 그 눈빛
위안의 바람을 보내리

인생은 쓴맛이지만
그 쓴맛 삼켜야
비로소
달콤한 봄빛
배부를 수 있다고

삶을 부지런히 쟁기질 하던
어른의 말처럼
머위 한 잎
봄을 쟁기질 하며
나란히
솟아
하늘을 닦네

코로난진 뭔지
코리아는 이길 수 없을겨

어디서 들었는지
90 어르신 서툰 결의
굳건히 하시는 그 봄날

백목련 피는 봄날

겨우내
떠나간 어미새가 남긴 봄알 품고
찬 바람 견뎌내더니

세상과
바람이 함께
줄탁동시 시작했다

꼬물거리는
아기 새
날개 하나씩 펼치며

봄 하늘을 날
준비를 한다

꽃이라는 이름의
봄 핀다

연리지

그대 곁가지 하나
내 몸속으로 들어온 그날부터
사랑의 무게 견뎌야
했음을 고백합니다

환희로운 살점의 순간을
평생 불꽃처럼
바람
막아야 하는 때도
있었습니다

절절히 아파 떼어내려 애쓰면
점점 더 깊이 파고드는
상처 덧나던 세월도 있었습니다

그러나
결국 한몸인 것을

환희만이 아니라
박힌 통증 마저도
사랑이란 것을

늙어 그 곁가지
휘청여도
그럼에도 불구하고

사랑해야 한다는 것을
압니다

더욱 단단히
안으로 파고들어
핏줄까지 나눠버린
죽음까지 함께할
사랑

그 곁가지
내 살 속에 들어와
삶이 된
그 오래된 전설같은

4

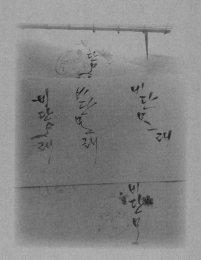

글과 그림 : 김효숙

차이

문득과
불쑥은

어떤 차이가 있을까

어느 땐 문득
또
어느 땐 불쑥

내 머릿속을 점령하는
사람아

문득과 불쑥 사이에
어떤 꽃
피었길래

나 없는 꽃밭

내 손길이 닿았던
꽃
나 없이도
꽃등 걸었다

외로운 그림자만
풍경처럼 흔들리는 꽃밭
그 외로움이 풍경이 되어
꽃을 피웠다

가끔
슬픔
가끔
기쁨
가끔
슬픔을 번갈아 가는
꽃밭시계는
외로움에 익숙할 때쯤
사랑을 약속한 사람
드문드문
발자국 소리를 낸다

한꺼번에 소나기처럼 쏟아붓는
입맞춤
붉어지면

그렁한 눈물 닦아내고

다시
꽃이 된다

완경(玩景)
을 이룬
아름다운 여자가 된다

* 1.완경(玩景): 풍경 따위를 즐김

  2.여성의 폐경을 완곡하게 이르는 말

꽃안부

울컥울컥 아침을 쏟아낸다

엊저녁
오래 그리웠던 이들과
나눈
지난 이야기 속에
채운 소맥 두 잔이
아니 두 잔 반이
새벽 원고를 쓰게 했다

머릿속 가득한
오프닝과
클로징이 섞여
어느 한 줄
싱싱한 줄기를 뻗지 못한다

바다는 잘 있다는 시인의 시를 읽다
꽃은 잘 있는지 안부 궁금했다

아직 이슬 걷지 못하고
느린 눈 뜨고 있는데
내 사랑이 좋았냐고 묻고 싶었다

언젠가 두터운 추억이 되어
어제처럼 지나간 사람 이야기로
술잔을 채우겠지만
순간 순간

활짝 활짝
꽃이 핀다는 것

사회적 거리를 밀치고
그녀를 안아 보았다
취기 얹은 어깨가 뜨거웠지만
그녀의 손은 찼다

새벽 꽃송이 속에
켜켜이 숨긴 꽃잎 같았다

약속 없이 헤어졌지만
生은 뜨거운 약속임을 안다
윤회를 이야기 하던 밤처럼
다시 꽃
필 것을 믿는다

수레국화
레드클로버
은방울꽃
꽃잔디

각각의 몫
악수를 나누고
너를 안아보고 싶은
아침이 또 해를 켰다

그대의 음표를 노래하다

손가락 사이에서
적막이 풀려나올 즈음
너를 안았다

휘파람 같은
숨소리가
청산을 건너 와
초록 이마
입을 맞추면

오선지 위를 안단테로
지휘하던 몸의 느낌

손에 꽃을 만질 수 있다는 것
마음속 깊이 사랑하나 묻을 수
있다는 것

꽃이 환희가 되는 순간
그대를 부른다

사랑아

늦기 전에
온몸에 향을 가두자
마음속에 숨긴 사랑

곱게 향 매김 해
우려보자

더 깊이
더 깊이

마거렛트
한 모금
그대의 음표로 녹아내리듯

꽃의 절정 후

여수 밤바다
크루즈선 위에서
불꽃놀이가 펼쳐졌다
끝없이 불꽃 터져내리고
두 번째 서른을 넘긴 여자는
눈빛 젖었다

비릿한 바다냄새가
세포마다 파고들었고
낯선 문장이 찍히는 순간
시처럼 울었다

혈관을 팽창시키던
시들지 않던 갓배추 대궁같던
푸른 싱싱함이 넘실대는
돌산대교를 건넜다

사랑은 훔쳐야 하는
금기의 언어
온힘 다해 부르르 수액을 짜내고

여수밤바다로
껴안고 떨어지는 불꽃
봄과 살 섞은
꽃방의 낙태

그 날
버스커버스커의 여수 밤바다는
침묵이었다

104

비대면 사랑

그대 앞에서 옷을 벗습니다
한 겹 한 겹

저 고단한 발이
걸어온 길은 진흙 속에 묻어두고
정갈한 향기만
깊숙하고 은밀하게 간직한

감독 없는
배우 없는
영화를 찍습니다

누구든 슬픈 목 길어지면
배우가 될 수 있습니다

개봉되지 않을
꽃잎 같은 영화를 찍고
혼자
시사회를 합니다

떠나는 바람 따라
꽃잎 지는 날
다시
향기 짙은
영화 한 편 찍을까요?

슬프지도
아프지도
이별도 없는

이승의 사랑은

그대가
내게로 오는 길은
천국의 계단 밖에 없는 걸까

날개를 달아도
푸른 바다를 날 수없는 비익조

그대는 내 마음에 갇힌
천국의 수인囚人
오늘도 조합하지 못한
자음 모음만 담아
천상으로 띄우네

깨질 것 같은 심장 한 귀퉁이
피어난 꽃
성실히 사랑했으나
추억이 될 사랑

차라리
뜨거운 햇살에 바스라지게
습기까지 꺼내놓고
마지막 남은 향기만
가두어두리

젓대 홀로 울어
꽃 다시 피는 밤
그 잔 속에 이승의 우리 사랑
우려나볼까

연애

꽃과
연애를 시작했다

눈 맞추고
입 맞추고
마음도 맞추고
간간 키도 맞춘다

떨리게 만지고
떨리게 안는다

혹시 부서질까
혹시 다칠까

사랑은 이렇게 조심스런 연애

꽃

끝까지
지키고 싶은
내 마음의 환희

네 가슴에 촉수를 늘이면

흐린 안경을 말갛게 닦았다

운명처럼
인연처럼
약속은
아침이면 피어났다

꽃문신으로
전하고 싶은 사랑은
밤새
꽃물을 들여
네 가슴으로 촉수를 늘인다

그대에게 갈 때는
무릎을 꿇어야 한다는 것
나즉히 기어서
그대 촉수에 닿는 일

아침 길은
그렇게 꽃으로 열린다

가시꽃에 뛰어드는

금기의 가시에
찔리면 어떻게 될까

저 빨간 유혹 앞에 무릎꿇고
레테의 강을 건너는

가파른 절벽에 길을 내며가도
그 절벽을 기어이 올라
심장을 내놓던
여자

사랑은 무작정
가시꽃에 뛰어드는
바람 한 점

그렇게 찔리고 찔려도
기어이 품는 꽃

저 먼 우주 어디에서
정확한 내 몸의 음계를 알아
수신음 보내는 별 하나

그 저
별로만 떠 있을 뿐인데

바람이 되기도 하고
소나기 되기도 하고
쏟아지는 햇살이 되기도 해

흩어진 건반
정확히 연주하는

때론 녹턴을
때론 아모르파티
비오는 날엔 베사메무쵸까지

뚝뚝 휜 등뼈를 꺾어
나란히 맞춰내
끝내

절정의 꽃 한송이 피우는
저 비대면 연주자

물의 요정

내 심장
당신 바다에 띄워놓고
흘러듭니다

당신의 바다는
눈 감고도
당신 마음을 찾아갈 수 있는
편한 항구가 있습니다

해당화같은 팜므파탈은 아닐지라도
비릿한 살내음
당신이 맡으면 그만입니다

그날 밤
잊지 못할
휘파람 소리

12줄 鉉을 쓰다듬는
비단 실로 만든 활
같은 손끝

눈 뜰 수 없습니다
당신의 바다에서
당신을 느끼므로
그냥 물의 요정이 됩니다

꽃사돈에게 답함

꽃사돈
이순 시인의 꽃밭에서
낯선 진안까지 와 뿌리 내리고
사느라 애썼다
꽃 피우느라 애썼다

도시보다
더 찬 바람
더 까만 하늘
더 찬이슬
잘 견디고
피웠구나

예쁜 꽃아
곁 가지 떼어놓고 와
쓸쓸했을 시간 견디고
거친 흙에
발 담근 어린 꽃아

한참 너를 바라 보았다
꼭 오래 전
내 모습 같아

스위스민들레_이순
– 뭉클해 이비단모래에게 답함

112

우리 모두 저 먼 어머니별에서
낯선 지구별로 이사와
목숨 껴안고 사느라 애썼지

인간은 때 되면 어머니별로 돌아갈 수 있지만
스위스민들레야
너는 스위스로 돌아갈 날이 올까?

이별을 위한 시

이별을 앞에 두고
언제나 목마른 사랑이 온다
사랑한다는 말을 한다
마지막에는 눈물 한 방울도 아름답다
마지막은 우리에게 늘 아쉬운 사랑을 돌아보게 하고
더 사랑해야 하는 마음을 갖게 한다
그래서 마지막은 슬프지 않게 헤어져야 한다
왜냐하면 이별은
끝이 아니라 시작이라는
공식을 수천 번 답습했기 때문이고
이별 앞에는
아쉬운 사랑이 온다

그래서
이별은 좀 더디 해야 한다
더디 해야 한다

9월

투명한 햇살에 습기를 한움큼 말린다
고추 마르듯
마음도 파삭한 소리를 낸다

눈속 가득한 의심도 말린다
거짓이 난무하는 거리도
계절은 물들고
가짜를 구별할 수없는 터널은
지나가면 된다

9월은 적당한 햇살이 좋은 달
열매 익히기 좋은 햇살
슬픔 말리기 좋은 햇살
투명하게 내리는
힘줄 속 까지

가을당부

강물 입술 파래졌고
속 눈썹
더 그윽히
깊어졌다

슬픔으로 울지마라

그리움 많아
눈물날 일
가을엔 많기 때문이다

뜬금없이

뜬금없이 앞치마를
두르고 싶어졌습니다
박꽃 같은 흰 치마에
돌멩이 하나 담고
어딘가
깊숙하게
돌팔매질 하고 싶어졌습니다

이렇게 예쁜 꽃 피고 있는데
도대체 뭐하고 있는 거냐고

이제 곧 찬 서리 내려
세상에 꽃들 자취 없어질 거라고
목놓아
꽃피고 있습니다

첫 · 눈

그대에게
도착하기 위해
버립니다

시작하기 위해
끝을 선택합니다

헛된 약속
그대에게만 허락된
마지막 천국입니다

겨 · 울

영혼이 닮은 사람을 만나고 싶어질 때
바람은
기어코

심장 한가운데
너의 얼굴을 떠올려 놓고
녹아내리고 말았다

4월 꽃

대학병원 사각 유리창 밖
꽃구름 바라보던 아버진
그 때
자신의 몸
저 꽃의 거름 되고 싶으셨을까

각막마저
누군가에게 주신다 했던
그 약속 지켜졌다면
마지막 꽃 압화된
그 눈

어디서 황홀한 꽃그늘을
바라보고 있을까

그 눈에 한 번 눈맞춤 해봤으면
이토록 서러운 사월 아니겠네

해마다 사월 돌아오고
꽃은 흐드러지면
그 꽃에 자즈러지고
그리움 밟혀 아픈 사람

꽃에 묻혀 쓰러지고 싶네

봄을 수선하다

그대의 침묵에
그럴 수 있으리라
그럴 수 있으리라

강물도 묵묵히 흐르고
바람도 소리내지 않고
살금 스쳐가는 날 있지 않은가

어디
제비꽃이 고개들고
심장 안의 말을
할 수나 있는가

저 순진무구한 기다림이
그저 목마른 기침 뿐

도대체 고개를 들 수 없네
가득한 눈물
들킬까

이렇게 봄은 가고
해진 마음 수선하며
봄 따라 간다

사랑, 한 그릇

모습 볼 수 없는
그림자 잡으려 노을 속으로
몇 번인가 잠겨버렸다

생의 끄트머리에서 풀려나온
바람 한 줄기
자꾸 나를 이끄는 곳은
어디에 있어도 가장 따뜻한 사람
마음 한쪽

영원은 없으므로
그 영원에 기대지 않아

지금 이 순간
단내 나는 입
수북하게 담은
사랑 한 그릇
아낌없이 터뜨리며
배 부르게 웃으면 그만

사랑 그 아름다운 모순
꽃 지듯이 지고 말면
온통
초록비 쏟아지는 계절이
오고 가겠지만

풀린 테잎에서
사랑 그 거짓말
반복 되겠지만

지금
꽃 터지는 순간 순간
온몸에 쏟아지는 불꽃 불꽃
불꽃놀이 꽃 방 불꽃놀이

운주사 와불

이제
일어날 때가 되셨나보오
천 년 바람이 지나간 세상

못 볼 꼴 하도 많아
잠들어 계신 이

이 세상 씻을 이
당신 밖에 없소

운주사
와불

사랑이라는 신전神殿을 향한 기도의 시
– 사랑이란 우주 모든 것의 시작이자 끝이다 –

나호열(시인 · 문화평론가)

1.

『비단모래』는 시인에게나 시집을 읽는 독자들에게나 특별한 의미를 던져주는 시집이다. '비단모래'는 시인의 이름이면서 그 이름을 시집의 제목으로 삼았다는 점에서, 그리고 팔십일 편의 시들이 한결같이 '사랑'이라는 주제를 다루고 있다는 점에서 그러하다. '비단모래'는 그동안 시인 이현옥의 닉네임nickname이었으나 개명을 통해 새로운 존재로 거듭 나고자 한 경신更新의 징표이다. 예전과 달리 개명의 절차가 완화되었다고는 하지만 부모로부터 물려받고 오랜 시간 동안 통용되어 온 이름을 바꾼다는 것은 결코 쉬운 일은 아니다. 이름을 바꾼다고 생활의 면면이 쉽게 변할 리는 없겠지만 삶의 새로운 전기轉機를 맞이하겠다는 의지의 표명으로 받아들인다면, 시집 『비단모래』는 앞으로 다가올 미래의 시인 '비단모래' 자체이기도 할 것이다. 다시 말하면 세월의 질곡을 넘어서서 원숙의 나이에 다다른 시인은 '비단'의 고귀함과 '모래'의 부드러움을 남은 생生의 양식으로 삼겠다는 의지를 시「비단모래」를 통해 이렇게 노래하고 있는 것이다.

스며들어라
세상에서 가장 작은 알갱이
부드럽게 안을 수 있는 사랑이어라

가슴 열어 안아라
다 품어라

거르고 걸러
가장 깨끗한 바다

그 생명 바다 위에 봉황날개

눈물 지우고
아픔 지우고
상처 지우고

사랑이라 쓰는 여자

- 「비단 모래」 전문

2.

　시인 이현옥으로 부터 이비단모래로 이름이 바뀐다는 것이 삶의 새로운 전환점을 맞이한다는 것을 의미한다고 해도 그동안 축적된 자아, 내면 의식意識이 단 숨에 바뀔 수는 없는 일이디. 이순耳順을 맞이하면서 펴낸 시인의 여섯 번째 시집인『꽃마실 가는 길에』(2018)와 이번 시집 『비단모래』사이에는 여전히 '꽃'을 매개로 하는 서정 抒情 - 이른바 세계의 자아화 -의 맥이 닿아 있고, '그대', 또는 '당신'으로 설정된 이상향理想鄕을 갈구하는 내면의식은 변함없이 자리를 잡고 있다.

　'시집 속 작품들은 한결같이 타인에 대한 배려와 사랑으로 수놓아져 있다. 심지어 자신의 상처를 얘기할 때조차 꽃처럼 아름다이 아프기를 기도한다,'고 『꽃마실 가는 길에』를 해설하면서 안현심 시인이 평했듯이『비단모래』시편에도 그러한 넉넉한 시인의 성정性情이 녹아 있음은 분명한 사실로 보인다. 그러나 시집 『비단모래』는 생활의 구체적 정황을 배경으로 하는 이야기에서 한걸음 더 나아가 보다 시인의 의식이 직관으로 발화發話되는 아포리즘aphorism의 색채가 눈에 띄게 많아졌다는 점을 몇 편의 시에서 확인 할 수 있다.

사랑은
끝까지
절망 아니면 희망
쓸쓸함 아니면 벅차오름
상처 아니면 기쁨

– 「수항리 노을」 2연

결코
쇠는 불 속 아니면 녹지 않는 것처럼
사랑 또한
뜨거운 심장 속에서만 녹아내리는
일이란걸

– 「별」 부분

바람을 눈으로
볼 수 없다는 건
내 안의 별 하나
꺼져가는 일이다

– 「정전」 마지막 연

사실 시의 창작에 있어서 아포리즘은 매혹적인 요소이기는 하지만 문장 단위의 아포리즘이 시의 주제에 녹아들지 않을 때에는 시의 완성도를 떨어뜨리는 장애물이 되기도 한다. 그러나 『비단모래』의 많은 시편에서 드러나는 아포리즘은 시인이 겪은 수많은 경험과 그 경험으로부터 추출된 세계관이 확고하게 자리 잡아 가고 있다는 증명으로 그 쓰임새를 다하고 있음을 본다. 그렇다면 이비단모래 시인이 바라

보는 삶의 기준이나 정체성은 어디에서 찾을 수 있을까?

　밥을 지어
　삶을 지었고

　옷을 지어
　길을 만들고

　집을 지어
　인생을 짓는

　눈물의 기도

- 「아내」 전문

　시인은 '아내'를 '짓'는 이로 규정한다. '~을 짓는'다는 것은 '~을 만든'다는 것을 의미한다. 여성만이 생명을 잉태하고 출산할 수 있다. 그러나 이 잉태와 출산의 과정은 엄숙한 고통과 그 고통으로 말미암은 눈물의 기도 없이는 이루어질 수 없다는 놀라운 직관을 피력한다. 이 짧은 시에서 시인은 오늘날의 페미니즘 feminism이 지향하는 남녀평등의 옹호, 가부장적 부권父權에 대한 반감과 항거 보다는 오히려 눈물의 기도로 이루어진 밥과 옷과 집으로 상징되는 사랑의 창조자로서의 여성으로서의 고전적 정체성을 오롯이 견지하고 있는 듯이 보인다.

　「엄마꽃 4시」에서는 가난한 저녁을 준비하는 어머니와, 고단하나 자애로웠던 어머니 마음이,「남의 남자, 아버지」에서는 결혼식 당일에야 신랑 얼굴을 본 어머니가 첫 날 밤을 보내며 "나는 남 남자하고는 못 잔"다고 한 옛날의 에피소드가,「솔과 정지 사이」에서는 일에 서투른 며느리를 감싸 안는 시어머니의 뒷사랑이 전통적 유교사회의 고루

한 관습 속에서도 여성성에 대한 혐오나 반발이 아닌 사랑으로 승화
될 수 있음을 일러주는 것이다. 이런 내리 사랑은 '유리 같은 / 여자
마음을 / 부칠 수가 없어// 취급주의 스티커 / 다섯장을 /붙이고서야
/ 겨우 그대 곁으로 갑니다'(「취급주의」1,2 연) 와 같은 마땅히 보호
받아야 할 존재로서의 여성인 것이다. 「어느 부부의 노래」에서는 그
여성성이 이렇게 묘사된다.

　쓰레기 분리배출 못하지
　음식쓰레기 못 버리지
　설거지 못하지
　우유 안 사오지
　세금 안내지
　자동차 보험 못들지
　사고처리 못하지
　빨간 자가용 긁혔다고 나한테 전화하지
　치약 떨어져도 그대로 두지
　매일 먹어야 하는 약 잘 잊어버리지
　냉장고 속 과일도 안 꺼내주면 안 먹지

　시인의 실제 경험담이라도 좋고, 상상으로 만든 가상의 이야기라도
상관없다. 어느 날 밤 부부는 이런 대화를 나눈다. 남편은 아내의 일
거수일투족이 마냥 걱정스러워 뜬금없이 자신이 하루 늦게 세상을 떠
나겠다고 한다. 그 이유는 위의 인용문에 드러난 바다. 사실 위에 열
거된 일들은 흠이 될 수 없는 것으로 지극한 아내 사랑의 핑계에 불과
하다. 그러자 아내는 그렇다면 혼자 남겨지는 건 싫으니 먼저 죽으면
시집을 가겠다 하고, 서로 그러자고 이야기 한다.

　참 이상한 약속을 하는
　오래된 부부
　　　　　　　　　　　　　　－ 「어느 부부의 노래」 마지막 연

우리의 현실에서 이런 대화를 나눌 수 있는 부부가 과연 얼마나 있을까? 「어느 부부의 노래」는 이 세상의 부부의 연을 맺은 우리 모두에게 필요한 나눔과 희생의 덕목을 예시해 주는 시로 감상함과 동시에 이비단모래 시인이 평생을 통해 거두어들인 사랑의 전범典範으로 눈여겨볼만 하다. 아마도 시인은 사랑을 주는 일보다 받아들임에 익숙한 행복한 시간을 누렸을 것이라는 추측도 가능하리라.

3.

그렇다면 시집 『비단모래』에서 집요하게 탐색하고 있는 사랑의 실체는 무엇일까? 이 글의 서두에 '사랑이란 우주 모든 것의 시작이자 끝이다.'라고 썼다. 먼 옛날 페르시아 시인인 잘랄루딘 루미(1207 – 1273)의 말이다. 육체적인 충동에서 비롯되는 에로스Eros로부터 가족 구성원 사이에 존재하는 사랑인 헌신, 우정과 초월적 사랑을 의미하는 아가페Agape에 이르기까지 이 무한한 우주의 본질이 사랑이라는 말은 생명의 탄생과 존속에 필요한 절대적인 요소가 이 모든 단계의 교집합이라는 것을 의미하는 것이다. 서로 주고 받는 교감交感보다 우선하는, 자신을 어떤 대상에게 던지는 것으로부터 시작하는 배려와 희생은 그 어떤 행위보다 거룩한 일이다.

목숨과 바꿔 이 말을 샀다
천금보다 소중한 말
너무 늦었지만 그제야 그 말은 물처럼
헤프게 써야 함을 알았다

이승에서 전해야 했던 마지막 인사는
사랑합니다 한마디 뿐
허공도 받을 수 없는 말을 눈물과 함께
뿌렸지만 눈발처럼 녹아내렸다

그 후
주머니에 돈 대신 사랑한다는 말을 채워
꺼내주기로 했다
눈빛 마주친 값으로
손잡은 값으로
같이 밥 먹은 값으로
고마운 값으로
가끔 슬프고 아픈 값 으로도

후회 없이 쓰기로 했다
사랑합니다
사랑합니다
사랑합니다

참 이상하게 사랑합니다는 쓰면 쓸수록
화수분처럼 꽃을 피웠다

– 「사랑합니다」 전문

이제는 접대 용어로 아무렇지 않게 쓰이는 까닭에 무감각해져버린 '사랑한다'는 말을 시인은 더 많이 써야 한다고 고백한다. 이 시를 읽으면서 아우슈비츠 수용소에서 순교한 막시밀리아노 마리아 콜베 (1894~1941) 신부가 떠올랐다. 그는 유태인이 아닌 폴란드인이었지만 정치적인 이유로 아우슈비츠 수용소에 갇혔다. 1941년 7월 탈옥자가 나오자 독일군은 그 탈옥자와 같은 수용실에 있는 수감자를 죽이기로 한다. 이 때 콜베 신부가 말하길 "나는 아내도 자식도 없고 늙었으니 저 젊은이 대신 내가 죽겠다."고 하였다. 신부는 2주 동안 굶었으나 목숨이 붙어 있자 결국 독극물 주사를 맞고 사망하여 소각되었다. 콜베 신부는 성직자이었기에 신앙의 힘으로 스테르고(헌신)를 실천할 수 있었다고 말할 수도 있겠다. 그러나 죽음을 앞둔 한 젊은이의 절규에 공감하지 못한다면 그러한 헌신은 이루어질 수 없다.

그러하기에 「사랑합니다」의 화자話者의 술회는 타자他者와의 공감이 사랑의 문을 여는 열쇠임을 고백하는 것임을 에둘러 말하고 있는 것이다. 실제로 생물학의 발전으로 타인의 행동과 감정을 공감하려는 이타적 유전자가 우리 인간에게 존재하고 있으며 이 공감이 타인에 대한 신뢰로 이어질 때 행복감을 누릴 수 있다고 한다. 말(언어)는 표현의 필수 수단이다. 발화發話를 통해서 행동의 책임이 부과된다고 할 때 '참 이상하게 사랑합니다는 쓰면 쓸수록 /화수분처럼 꽃을 피웠다'는 진술은 참으로 그런 것이다. 그리하여 시인은 다시 한 번 이렇게 확인한다.

참 부질없기도 하지만

캄캄한 길도 걷게 하고
시큰거리는
무릎도 일으켜 세우는 명약

마음 그득히
해 뜨고
해 지고
바람 부는 일
그대에게 향하는 길 되는

참 부질없기도 하지만
없으면 않되는
그대와 내 심장사랑 그거

— 「사랑 그거」 전문

4.

   시집 『비단모래』에도 시집『꽃마실 가는 길에』자주 차용되었던 꽃과 같은 자연물을 통해 주제를 드러내는 시들이 여러 편 있다. 「꽃의 비밀번호」, 「천년초」, 「비대면 사랑」등이 그러하다. 각각의 꽃들이 지니고 있는 모양이나 특성을 감성으로 버무릴 때 등장하는 '그대' 나 '당신'은 이곳에 머물고 있지 않은 부재 不在의 존재이다. '아주 오래 우체국 앞에 서 있고 싶다 / 스치며 지나간 시간 들 속에 놓친 / 누군가 하나 만날까 싶'은(「우체국 앞에서」마지막 연)그 누구이고, ' 언제 그렇게 늦골까지 / 타도록 기다려 본 적 있는가/ ...... / 거기 그 사람 / 심장 파내고 안아도 좋을 사람 / 꽉 차게 앉았던 자리 / 그렇게 품고 있으면 그만 / 긴 기다림은 벤치의 숙명이다'(「벤치」부분)처럼 오지 않는 그리움의 대상이기도 하다. 그러면서도 '그대'를 만나는 일이 자신에게는 형벌이라고 토로하기도 하는 난경에 처해 진다.

   그대에겐
   천년토록 꽃이고 싶네
   천년 망부석 될 꽃 가시로
   서 있고 싶네

   나만 찌르라 이르며
   겨울에도
   맨발로 그렇게 서 있겠네

                                    – 「천년초」 마지막 연

   「꽃의 비밀번호」는 독일붓꽃을 형상화 한 시로, 부재하는 '당신'이나 '그대'가 바람처럼, 영속하지 않으나 영원히 실재하는 이데아Idea임을 암시하고 있다. 완벽한 1센티미터나, 순도 100%의 순금은 관념으로 존재할 뿐 현상계 現象界에는 존재하지 않듯이 시인이 상정한

'그대'나 '당신'은 완전무결한 신神에 버금가는 존재이다.

　해독하지 못할
　문장을 펼쳤다

　마음 속 언어를 써내려 간
　붓 끝에
　핀 하늘은 묵묵하고

　꽃을 여는 비밀번호를 아는
　바람만 문을 두드렸다
　좀체로 열 수 없던
　사랑의 문 열리고
　먼 이국의 언어는 교신을 시작했다

　꽃문을 연
　그대는 승리자

　영원히 그 꽃을 품으라

- 「꽃의 비밀번호」 전문

　그리하여 이비단모래 시인에게 있어서의 꽃은 '그대 가슴에 / 봄 바람이 찍어낸 직인'(「꽃」 마지막 연)이거나 '내가 아플 때마다 피는'(「위안」부분)고통의 오르가즘이다.

　또 한 편의 시「비대면 사랑」은 연꽃을 형상화한 작품으로 오늘날 우리가 마주하고 있는 언택트non contact의 국면을 예리하게 파헤치고 있는 시로 읽혀진다. 2,3 년 전부터 쓰이기 시작한 이 용어는 직접 대면하지 않고도 물건을 사고 파는 온라인 쇼핑이나 컴퓨터를 통한 화상회의, 재택근무 등의 형태로 사회가 재편되어가는 상황을 이르는 신조어이다. 또한 코로나 바이러스의 창궐로 대면과 접촉 자체를 회피해야 하는 상황에 이르러 앞으로 사회 구조 자체가 변화할 수밖에 없다는 어두운 전망을 상징하는 단어이기도 하다. 누가 환자인지 마스크로 얼굴을 가린 채 의심의 눈초리를 보내야 하는 하루가 연꽃이 피는 슬로우 비디오처럼 흘러가고 우리가 꿈꾸는 완전한 사랑은 망각의 강 너머 천상계에서 가물거릴 뿐이다.

　　그대 앞에서 옷을 벗습니다
　　한 겹 한 겹

　　저 고단한 발이
　　걸어온 길은 진흙 속에 묻어두고
　　정갈한 향기만
　　깊숙하고 은밀하게 간직한

　　감독 없는
　　배우 없는
　　영화를 찍습니다

　　누구든 슬픈 목 길어지면
　　배우가 될 수 있습니다

　　개봉되지 않을
　　꽃잎 같은 영화를 찍고
　　혼자
　　시사회를 합니다

　　떠나는 바람 따라
　　꽃잎 지는 날
　　다시

향기 짙은
영화 한 편 찍을까요?

슬프지도
아프지도
이별도 없는

-「비대면 사랑」 전문

이 시는 연꽃이 피고 지는 풍경을 통해서, 다만 생명의 매커니즘에 따라 꽃 피우고 향을 내뿜으며 스스로 져가는 먹먹함을 지나는 일과, 대상이 없는, 대면할 수 없는 환상의 사랑이 과연 진정한 사랑일 수 있느냐고 우리에게 묻고 있다. 굳이 포스트모더니티 postmodernity 로 가치 기준의 해체를 증명할 필요가 없는 오늘의 삶에서 시집 『비단 모래』는 시인 자신의 체험과 상상을 넘어서 우리가 잊어 버렸거나 잃어버린 '당신'이나 '그대'를 찾아가는 순례자가 될 것을「운주사 와불」 로 이렇게 권유하고 있다.

이제 일어날 때가 되셨나 보오
천 년 바람이 지나간 세상

못 볼 꼴 하도 많아
잠들어 계신 이

이 세상 씻을 이
당신 밖에 없소

운주사
와불

5.

　『비단모래』는 시인 이비단모래가 등단 이십 년 동안 쌓아온 시업 詩業의 전환을 꾀한 시집이다. 시인을 일러 남의 슬픔을 대신 울어주는 곡비哭婢라 하거니와 진정한 사랑을 갈구하는 사람들에게 사랑은 외롭고 슬프고 기다림을 견디는 일이라고 말한다. 또한 시인을 일러 깨달은 자가 아니라 질문하는 자라고 하거니와 사랑을 잃은 사람들에게 사랑은 어디에도 있고, 어디에도 없는 마음속의 신전이라고 일러준다. 시집 『비단모래』는 방송작가로서 시낭송가로서 수많은 저술을 펴낸 공력 功力을 허물고 새로운 어법으로 기꺼이 망망한 사랑이라는 사막을 건너가는 낙타가 되기로 한 이비단모래 시인의 첫 걸음임을 기쁘게 생각한다.